나를 죽이지 못하는

나를 더욱 강하게 만

-프리드리히 니체-

안녕,
오늘도 아팠어

오늘도 슬프고, 오늘도 괴롭고,
오늘도 눈물 흘리고, 오늘도 웃었어

목차

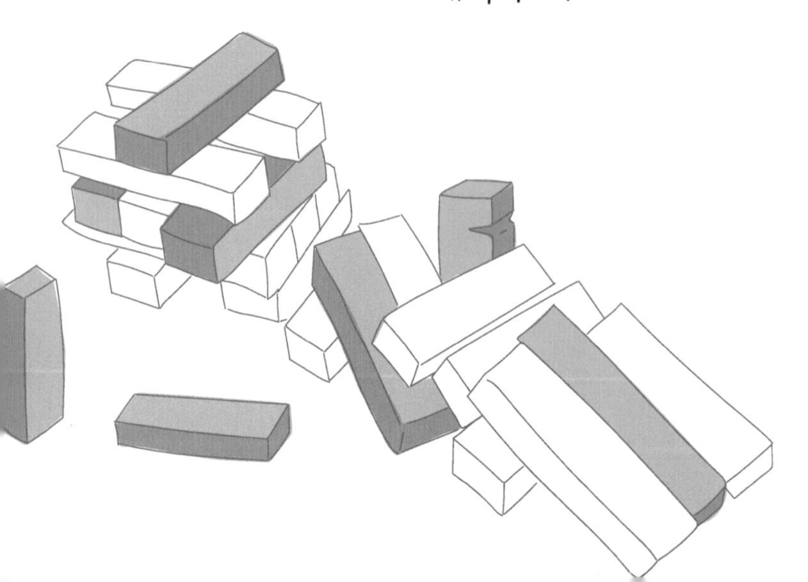

작가의 말

은 마지막 장에서 봐주시고

여기는 이 책을 재밌게(?) 읽는 법

1. 글마다의 제목도 꼭 같이 읽기

2. 페이지 여백에 자기 생각도 적어보기

3. 맘에 드는 글은 체크해보기

4. 슈루룩 다 읽고 작가의 말 보고 한번 더 읽기

5. 읽다가 이해 안되면 그냥 맘대로 생각하기

6. 그래도 궁금하면 저자한테 연락해서 물어보기

7. 책이 맘에 들면 주변에 홍보해주기

8. 특별히 좋아하는 사람이면 빌려주기

9. 다 읽은 책은 맛있는 라면을 끓일 때 받침으로 유용합니다.

10. 시작할게요 ^~^

1장

상사병

: 마음에 둔 사람을 몹시 그리워하는 데서 생기는
마음의 병.

대다수라고 하기도 무색할 만큼 모든 사람들이 살면서 사랑하며
살아갑니다. 막연한 사랑, 처절한 사랑, 흔들림 없는 사랑,
위태위태한 사랑. 하나의 감정에도 수많은 종류가 있고,
단순히 이성 간 뿐 아니라 친구끼리도, 가족끼리도요.
안타깝게도 이 모든 것이 이뤄지진 않죠. 어느 노랫말처럼
내가 맘에 들어하는 여자들은 꼭 내 친구 여자 친구이거나
우리형 애인, 형 친구 애인, 아니면 꼭 동성동본일 수도 있고,
확신이 없어 불안해 맘을 전하지 못하기도, 마음이 변해
미안해하면서 멀어지기도, 지나간 사람에 아파할 때도 있고요.
두근거림은 멈추지 않는데 내 맘대로 되지 않아서
많이들 힘들어하겠죠.

맘껏 아파도 괜찮을 거예요. 아팠던 만큼 사랑했단 증거고,
힘들었던 만큼 멋진 사람이 곁에 있어줄테니까!

사랑하고,

부끄러워도 꼭 하고 싶은 말이잖아요.
창피해도 용기내보고 싶은 말이잖아요.

첫 번째 희망_짝사랑_

마주친 것만으로도,

짧은 대화만으로도

행복했지만

언제부턴가

가질 수 없어 불행해진

사랑

두 번째 희망_만남의 시작, 시작의 우연_

달빛이 비추는 곳에서

기다려 주세요.

당신의 순간과

나의 순간이 만나

소중한 추억이 될 테니

세 번째 희망_지금 듣고 싶은 건_

귓가에 스며드는 노랫소리

귓가에 부딪히는 바람소리

귓가에 울리는 웃음소리

귓가에 맴도는 너의 목소리

네 번째 희망_사서 고생하는 타입_

작은 봄바람 살며시
어깨에 메고
불어오는 향기에 이끌려
걷는 이 길

가을 비 몸을 적셔도
무거운 몸을 이끄는 이유는
이 길 끝에는 당신이 있을테니까

다섯 번째 희망_생선 대가리_

새로운 음식이
맛있었다.

맛있는 음식이
맛있었던 적이 있다.

친구들과 같이 먹는 음식이
맛있었던 것 같다.

무조건 싼 음식이
맛있었어야 했고,

당신과 함께하는 음식이
맛있다.

너에게 처음 주는 음식이
맛있었다.

네가 좋아하는 음식이
맛있어야 한다.

너와 함께 먹는 음식이
맛있을 것 같다.

너에게 사주는 음식이
맛있어야 하고,

너에게 주고 남은 음식이
맛있다.

여섯 번째 희망_첫사랑을 알아보자_

첫사랑은 누구일까

철 없을 적 뭣 모르고 좋아하던 그 아이?
학창시절 막연한 동경과 함께 우러러보던 선생님?
항상 나를 챙겨주어 언제나 보고 싶던 그 누나?
내 평생 모든 진심을 담아 처음 고백한 그 사람?
처음으로 사귀었던.. 아 없구나

.

.

.

그만 알아보자

일곱 번째 희망_불면증_

파도가 불러주는 자장노래에도

해님조차 잠드는 별빛의 일렁임에도

그대 생각이 나는 재우지 못하네

여덟 번째 희망_오감대만족_

당신을 잡은 나의 손은
체온으로 당신의 근심걱정 녹일 거예요.

당신 곁에 있는 내 발은
발자국으로 행복한 앞 길 알려줄 거예요.

당신을 바라보는 내 눈은
언제나 당신을 빛나게 하는 시선을 보낼 거예요.

당신에게 말하는 내 입은
목소리로 사랑의 노래 속삭일 거예요.

당신에게 열려 있는 내 귀는
날 찾는 소리 놓치지 않을 거예요.

나 당신을 위할게요.
당신 행복하게 할게요.
잃지 않을게요.

당신을 사랑해요.

아홉 번째 희망_짝사랑과 연애의 차이점_

짝사랑 : 지나다니는 비슷한 사람이 모두 당신처럼 보임

연애 : 수많은 군중 사이에서도 당신만 보임

열 번째 희망_욕심 가득 속마음_

사실,

나는 당신을 만나는 만족보다

당신과 함께 하는

행복을 바래요.

열한 번째 희망_누군가만 아는 편지_

엄청나게 특별한 걸 바라지 않아요.

몇 번 안되지만 지금처럼 만나

밥 먹고, 뭐할까 함께 고민하고, 영화도 보고,

둘만의 특별한 추억도 만들고

같이 웃으면서 지내고 싶어요.

매일매일 연락도 하고, 가끔은 전화도 하면서

목소리도 듣고 싶어요.

지금이랑 조금 달라지는 것이 있다면

아마 우리의 관계를 정의하는 방식이겠죠.

나는 당신의 남자친구가 되고,

당신은 나의 여자친구가 되고.

우리가 서로의 연인이 되는 거죠.

그렇다고 크게 달라질 건 없을 거예요.
같이 걷다 보면 문득 손 잡고 싶을 거고,
쳐다보고 있으면 안고 싶을 거고,
어쩔 땐 머리를 쓰다듬기도,
등을 토닥이기도 하겠죠.

둘이 카페에 앉아 수다를 떨고,
당신이 맛있게 먹는 모습 바라보고,
당신의 집 앞까지 매일 밤 데려다 주고,
당신의 손등에 입 맞추고,
당신과 무얼 하든, 어딜 가든,
이상하지 않을 그런 사람이 되고 싶어요.
남들이 납득할 수 있고,
나도 떳떳할 수 있는 그런 관계가 되고 싶어요.

당신이 웃는 이유 중에
내가 있었으면 좋겠고,
당신이 힘들 때
내 어깨에 기대어 쉴 수 있으면 좋겠어요.

당신이 기쁠 때도, 슬플 때도,
울고 싶을 때도, 행복할 때도,
곁에 있을게요.

정말 특별한 거 바라지 않아요.
평범하게, 해 본 적은 없지만 자연스럽게,
행복하게, 후회가 남지 않게,
그런 사랑하고 싶어요.
그런 연애 당신과 하고 싶어요.

내 마음에 벚꽃이 흩날리는 한,
내 마음에 눈이 소복이 쌓여 있는 한,
사랑할게요.

내 마음 속 해변에 파도가 칠 때도,
내 마음 속 낙엽이 부서질 때도,
떠나지 않을게요.

밝은 대낮에도 내가 꿈을 꿀 수 있게,
어두운 밤에도 내가 길을 잃지 않게,
나를 비춰주는 별이 되어주세요.

내 소원이자 욕심이에요.

열두 번째 희망_
작은 선물, 작은 보답, 큰 의미_

수 백 년 동안 꽃이라는 선물이
사랑 받아온 이유를
처음 선물해 보고서야 알게 되었어.

나를 향한 작은 미소.
단지, 그 환한 미소
하나를 위해서였던 거야.

열세 번째 희망_
돌려 말하면 안 어지럽니_

서툰 거짓말 뒤의

상냥함을 사랑하기엔

나는 너무 어린걸요.

열네 번째 희망_단풍은 수줍게_

저 수많은 나뭇잎 중에

햇볕을 받는

단풍만이 붉게 물들 듯

너만이 나를 향해 웃어 주는구나

열다섯 번째 희망_구관이 명관인걸_

내가 다시 사랑하게 된다면

아마

그것도 당신이겠죠?

열여섯 번째 희망_놓치지 않을 거예요._

사랑이란 것은 세상 어디에나

여기저기 굴러다니지만

당신은 지금, 여기,

내 앞에만 존재하는 걸요

열일곱 번째 희망_집으로 가는 길_

특별함이 특별하지 않게 되는 순간

당신이란 사람이
내 곁에 머물러 준 순간

너와 내가 저 달을
함께 바라보는 순간

열여덟 번째 희망_
해운대에서 만난 당신아_

구름 낀 하늘에도 배는 나아간다.

잔잔한 바다에도 파도는 치고,

미칠듯한 추위에도 저녁 놀은 진다.

칠흑 같은 밤에도 별은 빛나고,

영원같던 새벽에도 아침이 온다.

그리고 다시 배는 나아간다.

내 곁에 네가 있듯이

모든 것이

그렇게 당연히도 흘러간다.

열아홉 번째 희망_
나는 지금을 살고 있으니까_

당신이 어떻게 변하더라도

당신을 마지막까지 사랑했던

과거의 사람이 아닌

당신을 마지막까지 사랑하는

언제나 그 순간의 사람이 되리

스무 번째 희망_
스치면 인연, 스며들면 사랑_

이라는데

스쳐간 수많은 인연 중

스며든 사람은 왜 이리 없고

스며들고 싶은 사람은 왜 이리 많은지

스물한 번째 희망_안줏거리_

내가 주는 사랑이

너에게 큰 자랑이

되도록 노력할게

스물두 번째 희망_올 때 메로나_

시원한 황홀감에 홀려

내 손을 더럽히는 것을

알아채지 못한

한 여름의 아이스크림 같은

사랑이어라

스물세 번째 희망_익숙하지만 지겹지 않은_

무엇이든 처음이 있고,

적응하며 익숙해져 간다.

네가

나에게

그렇기를

스물네 번째 희망_수화음_

뚜르르르- 기대

뚜르르르- 설렘

뚜르르르- 초조

뚜르르르- 불안

L – "여보세요??"

M –"아, 오늘도 보고 싶었어요.

사랑해요."

스물다섯 번째 희망_슬픈 행복_

당신을 사랑하는 수많은
사람 중에는 나도 있어요.

라는 글이 좋은 이유는
내가 좋아하는 사람이
사랑받고 있기 때문이에요.

스물여섯 번째 희망_엄마는 괜찮단다._

서리 내려 고개 숙인
가지들아

내가 털어줄 테니
너희는 고개 드리

내 손은 이미 얼어붙어
괜찮단다.

스물일곱 번째 희망_더_

사랑하자,

불꽃보다 화려하게

사랑하자,

들꽃보다 아름답게

사랑하자,

달빛보다 은은하게

사랑하자,

어제보다 행복하게

스물여덟 번째 희망_니모와 말미잘_

우리 앞에 있는
저 가시밭길 보여요?

나는 이제부터
당신을 안고
앞으로 걸어갈 거예요.

당신은 나한테서
흐르는 땀방울
닦아주시겠어요?

내가 앞을 볼 수 있게
내가 넘어지지 않게

스물아홉 번째 희망_조건_

이곳은 내

추억의 장소가 될 거예요.

당신을 만났으니까

서른 번째 희망_
1호선에서 만난 아저씨의 술주정_

아들아, 나에게 넓은 집을 주기보다
네가 넓은 마음을 가진 아이가 되기를

딸아, 나의 기침에 마음 아프기보다
다른 이의 아픈 사연에 눈물 흘리기를

아이들아, 나를 존경하기 보다
세상 많은 것에서 배우고,
보다 많은 것을 사랑하기를

너희들에게 감히 아비로써 바래본단다.

[※ 실제보다 많이 각색되었습니다.]

서른한 번째 희망_24시간_

안녕, 내 사랑

날 찾는 것을 두려워 마세요.
나를 내친 건 당신이 맞지만,
나는 당신을 밀어내지 않았는걸요.

당신의 달은 죽었지만
내 달은 살아있어요.
언제든 반쪽 떼어가도 좋아요.

낡아져 버린 밤 하늘에
우리 추억 걸어둘게요.
언제든 찾아와 주세요.

서른두 번째 희망_0과 1은 다르니까_

당신 곁에서 울 수만 있다면

그건

슬픔이 아니겠죠.

서른세 번째 희망_
의미 없는 시간이었니_

꿈처럼 달고,

꿀보다 깊던

너와 함께한 시간은

내가 지금 너를

찾게 만들고 있어.

너의 시간은

나한테서 살아있어.

서른네 번째 희망_함초롬히_

보름달도 지친 이 밤

나라는 한 밤중에 찾아온

보름달만큼이나 빛나는 네가

달빛을 비추고 있었다.

서른다섯 번째 희망_언제나 행복할 수 있어_

매일 아침, 오늘도

널 볼 수 있다는 행복에
뜨거운 태양마저 반가워.

매일 밤, 내일도

널 볼 수 있다는 희망에
서늘한 달빛마저 포근해.

서른여섯 번째 희망_그만큼의 존재_

당신이 사랑하는

나로 하여금

존재의 상실에 대한

끝 없는

두려움을 느끼기를

서른일곱 번째 희망_만월_

작은 하늘에 작은 달이 있었어요.

그 여느 하늘과 같이

비어있는 부분이 훨씬 많은 끝이 없는 밤 하늘이었죠.

어느 날인가부터 조금씩 모습을 바꿔가는

달을 보며 기분 좋은 나날을 보내었죠.

또 어느 날인가부터는

조금씩, 조금씩 크기를 키워가는 게 아니겠어요.

검었던 하늘이 막을 겨를도 없이 환한 빛으로 가득 채워져

넘쳐 흐르는데 처음에는 이 밝은 빛이 너무도 어색하고

끊임없이 요동쳤지만 이내 깨달았어요.

내 하늘의 달만큼

당신을 사랑하고 있었네요.

서른여덟 번째 희망_언제나 마지막_

불안정한 나를 알기에

항상 생각했어요.

지금 앞에 있는 사람을 보는 것이

오늘이 마지막일 수도 있다고

그래서

하루하루 순간순간을

사랑한다 말하고 있잖아요.

서른아홉 번째 희망_오늘을 버텨준 당신께_

고마워요. 오늘 하루도 잘 버텨줘서.
다른 이에게 쓴 소리 못하고
본인에게 화살을 돌리느라,
받는 것보다 주는 것이
더 많은 것 같은 힘겨운 사랑 하느라,
정말정말 고생했어요.

그리고 항상 말했지만
다시 한번 고마워요.

당신을 만나고부터 나는
겨울의 시간 속에서 언제나
봄 같은 꿈을 꾸고 있어요.

오늘도 내가
살아갈 수 있게 해줘서,
오늘도 당신을
사랑할 수 있게 해줘서,
너무너무 고마워요.

우리 이제
시간이 멎고 고요만이 남은,
꿈이 흐르고 별빛이 춤추는,
그 새벽하늘 아래서 만나요.
잘 자요.

이별하고,

슬프지만 새로운 인연 기대해도 되잖아요.
서럽지만 떠난 인연 보고 싶어도 되잖아요.

첫 번째 아픔_소 잃고 외양간 고칠까 말까_

이별이 언제인지 알았더라면
당신을 보낼 수 있었을까요

혼자서 울먹이지 않고
잘 가라는 인사
할 수 있었을까요.

두 번째 아픔_지구는 둥그니까_

그대는 바람이라 했죠.

언젠가 멀어질 걸 통보하듯이

그리고 언젠가는 돌아오리란 걸

다시 알려주듯이

세 번째 아픔_언언불일치_

당신 없이도 잘 살 수 있어요.

당신 없어도 미소 지을 수 있어요.

그러니

다시 내게로 돌아와줘요.

나 이제

당신이 아프지 않게

지치지 않게

녹지 않을 정도로

그만큼만 사랑할 수 있어요.

네 번째 아픔_비는 구름에서_

하염없이 내리는 비는

그 사람을 보낸 나의 눈물

하염없이 흐르는 구름은

돌아오지 않을 그 사람

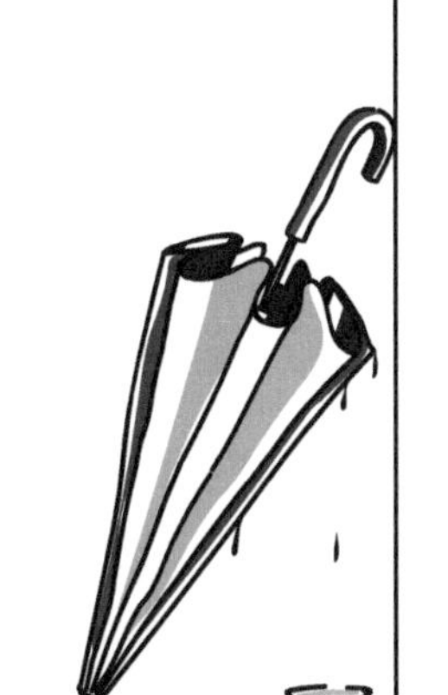

다섯 번째 아픔_주인 없는 집 리모델링_

바닷가에서 멋진
돌멩이를 차고 다녔다.
멀리 차버려서 잃어버려도 괜찮았다.
다시 비슷한 돌을 찾을 수 있으니까

꽃밭에서 이쁜
꽃을 들고 다녔다.
바람에 날려 떨어트려도 괜찮았다.
다시 비슷한 꽃을 찾을 수 있으니까

평소 맘에 들던
사람과 함께 하게 되었다.
싸우고 헤어져도 괜찮았다.
다시 새로운 사람을 만날 수 있으니까

더 멋진 돌멩이도,
더 이쁜 꽃송이도
새로운 사람도 찾았다.

너는 없는 나의 세상에서.

여섯 번째 아픔_
흔한 이별인듯 사라질까_

너 아닌 다른 사람과의 이별도 이렇게 아플까

곧 있으면 벚나무 만개하는 봄이 돌아오지만
내 20살의 봄이 돌아오지 않는 것처럼
너와 함께한 봄은 돌아오지 않을 것만 같아.

이제는 우리의 노랫말이 된 것처럼
그 계절이 너를 기억하고 있나 봐.

슬며시 틔우는 봄 꽃이
네 향기 머금고 있는 걸 보면

일곱 번째 아픔_선 긋는 이유_

나는 너를 너무
좋아하는데

너를 내가
좋아하게 될까 봐
겁이 나

여덟 번째 아픔_널 그리는 마음이_

조금 무서웠다,
변해가는 것이.

사소한 것일지라도
영원하다고 믿던 것이
조심스레 변해가는 것이.

아홉 번째 아픔_위에서 아래로_

내 눈물이 너를 적시고

그로 인해 네가 우니까

태양도 아파하더라

열 번째 아픔_
스포트라이트는 부담스러워_

심술궂은 달빛아

쓸쓸한 내 모습을 비추는게
그리도 즐겁더냐

열한 번째 아픔_따뜻한 냉커피_

눈물로써는 도저히

씻어낼 수 없는

소중한 슬픔이 있다는 것을

깨달으렴

열두 번째 아픔_충격의 기억_

우리 만난 처음 날을
기억하시나요?
나는 기억나요.
내가 내민 손에 녹아든
눈송이의 개수까지도

우리 멀어진 마지막 날을
기억하시나요?
나는 기억나요.
내가 뻗은 손에 스며든
빗방울의 개수까지도

열세 번째 아픔_소리 없는 사람_

당신의 슬픔에

나는

위로 한 소절도

될 수가 없네요.

열네 번째 아픔_미래를 약속했던 과거_

지나간 사람을 잊는 법을
알려줬잖아.
다양하고 새로운 즐거움을
알려줬잖아.
나는 혼자가 아님을
알려줬잖아.

네가 떠난 후에 잘 지내는 법은
왜 알려주지 않은 거야.

열다섯 번째 아픔_
사라지지 않아서 흉터인 거야_

아파

박힌 기억들을 빼내느라

아파

새겨놨던 마음을 지우느라

아파

참아왔던 눈물을 쏟아내느라

아파 아파 아파

미안해, 너무 아파

열여섯 번째 아픔_당신을 알기에_

우리 이별할 때,

미련없이 뒤돌아주세요.

미련남아 뒤돌아 보면

내 눈물 보일까

무서워요.

열일곱 번째 아픔_지금 이 순간에도_

그때의 사람

그때의 나

그때를 그리워하고

그때로 돌아갈 수 없음을

이미 깨닫지 않았니

열여덟 번째 아픔_그만큼의 감정_

어째서
내가 당신을 사랑한다
생각하시는 건가요.

당신을 사랑했던 건
철 없던 어린아이가 내뱉은 약속을
지켜야 한다는 조금 자란 어른의 책임감
딱 그뿐이었어요.

열아홉 번째 아픔_책 속 비상금_

나 떠나가는 당신아
지금부터 맘 속 깊이 새겨다오

너 언제나 바라던 소중한 꿈,
머지않아 이루겠다.
그리고 내가 생각나겠지.

너 이제부터 만날 이들
항상 너를 사랑하고 위할 거다.
그리고 내가 기억나겠지

너의 곁에 나 없는 삶
항상 행복하고 즐겁겠지
그리고 네 맘속 한 켠의 나는 지울 수 없겠지.

스무 번째 아픔_무지렁이_

기억해,

저 달이 비웃는 건

널 놓친 내가 아니라

날 버린 너야

기억해,

저 달이 비추는 건

당당히 걷는 네가 아니라

미래를 키우는 내 눈물이야

스물한 번째 아픔_각오했지만_

흘러가는 꽃잎에
내 소식 적어 보낼게요.

그때의 당신 곁에 나 있던 건
기억하나요

지금 내 곁엔 오로지
고독만이 손 잡아주고 있네요.

스물두 번째 아픔_몰랐어야만 했던_

내가 먼저 타인을
끊어보니 이해되더라

날 밀치던 망설임이.

뜯어져 나간
나보다 아파하던
기억 속 네 모습이.

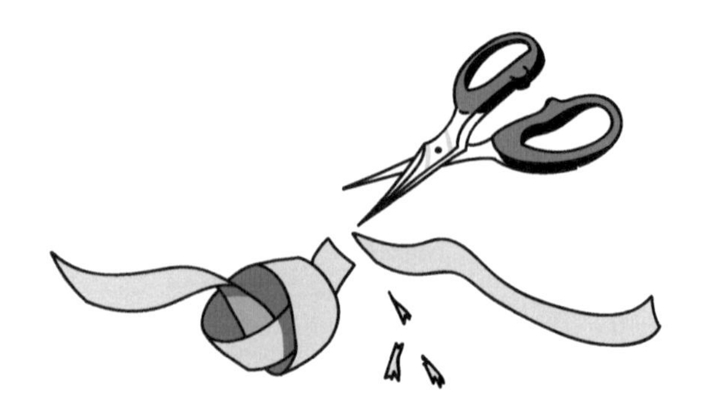

스물세 번째 아픔_꿈_

우리, 이렇게
조금 더 안고 있어요.

뭐 어때요.
어차피 꿈인걸요.

이렇게 행복한 순간이
왜 꿈이겠어요 ^^

당신이 나를 보고
웃어줄 리 없잖아요.

스물네 번째 아픔_추억의 바람_

모든 순간 저마다의 바람이 있다.

아침에 부는 바람

저녁 밤에 부는 바람

봄을 알리는 바람과

가을을 마무리하는 바람

8살의 친구들과 맞는 바람과

너를 만난 순간의 바람

그 모든 순간보다

따스했던 너의 바람과

다시는 불어오지 않을

너의 마지막 바람

스물다섯 번째 아픔_필요_

너 없이는 살 수 없게 만들어

내가 너를 찾게 만들어

너 없이는 잠 못 들고, 굶어 죽게 만들어

나에게 너의 필요를 증명해

그러면

나는 너를 사랑할 것이야.

스물여섯 번째 아픔_그저_

널 사랑했던 것의
단, 절반만이라도
그저 인정해주기를
바랬을 뿐이었다.

스물일곱 번째 아픔_시나브로_

당신의 떠남을 알리지 말아주세요.

시간이 흘러 보이지 않는 당신을 찾다가

당신이 떠남을 알게 되고,

돌아오지 않을 당신을 기다리다가

나, 그렇게 슬프다가

새로운 기억 속에 파묻히게

조용히, 몰래,

나를 그렇게 버리고 가주세요.

스물여덟 번째 아픔_어차피 후회_

차라리 보이지 않았더라면

차라리 마주쳤더라면

차라리 그 때가 마지막인걸 알았다면

차라리 차라리 차라리...

스물아홉 번째 아픔_하얀 거짓말_

우리, 보란 듯이 잘 살아봐요.

서로가 서로의 인연이

아니었단 것을 같이 입증해봐요,

잠깐의 꿈이었다는 듯이

조심스레 깨어나

상실의 아픔이 없는 이별해요.

아프지 마요.

서른 번째 아픔_그 어느 날의 유서_

사람을 좋아하는거 이제 너무 힘드네요.
나도 사람인지라 내가 나누는 사랑에
보답이 없으면 점점 지쳐가요.
많은 분들이 너만 생각해도 충분하다고
말해주었지만 그건 또 너무 아프더라고요.
어쩌겠어요. 나란 애가 그렇게 생겨먹은 걸.
미안해요. 어떻게 말해도 답이 없는 말만 해서
도대체 어쩌라는 거야 싶겠죠.
미안해요. 그냥 이렇게 넋두리 하고 싶었어요.
하늘로 가고 나면 땅에 두고 온 것들이
나의 것이었단 걸 깨닫겠죠?
힘들고 슬프고 아파한 나의 이 삶조차
두고 온 것이 미칠 듯이 후회되겠죠.

그래도 떠날래요.

답장 없는 연락에 걱정하고,

내가 아닌 다른 사람이 울린 당신에게조차 미안하고

너무도 깊은 이 감정을 없애고자 해도

다시 어느 샌가 내 안에 스며들어

다시 아파하겠죠,

나는 나를 알아요.

나는 당신들을 끝없이 사랑하고

끝없이 아파할 거에요.

조금은 어긋나겠지만

굴레를 벗어날래요.

2장

중2병

: 감정을 느끼고 마음껏 생각하는
마음의 병.

청소년들의 질풍노도의 시기를 설명하던 사춘기라는 단어가
각박한 세상 탓인지 모든 연령대에서 쓰일 만큼
모두가 다양하고 개성있는 생각을 가지고 있는 세상입니다.
그런데 아직도 진지한 고민은 분위기를 싸하게 만들고,
이상적인 꿈을 내뱉으면 오글거린다는 느낌이 남아있네요.
그래서인지 정말 아프고 힘든데 말할 용기를 못내고,
혹시 나 때문에 불편하진 않을까
꼭꼭 숨기는 사람들도 늘어나는 것 같아요.
본인의 생각이 오글거릴 것 같고 남들이 보기에
이상하면 좀 어때요. 어찌됐든 '나의 것'인걸요.
우리는 겸손 떨 만큼 대단한 존재는 아니란 말도 있잖아요!

우리 맘껏 생각하고, 나만의 감정 내뿜어 봐요!! 맘껏 ^^

밤 열 시 사십오 분

가로등도 켜지지 않고
하늘이 등을 돌려 태양을 가린 밤

별빛이 내 눈을 가려
나 홀로 넘어진 채
숭죽이며 울고 있었다.

첫 번째 밤_가릴 수 있어서_

와, 지금 비 오네요.

다행이다.

나, 지금 울고 있거든요.
하늘은 아직 내 편 해주는구나.

두 번째 밤_익숙해지지 않는 경험_

나 아직은 이별이
슬픈 아이예요.
나 아직은 보살핌이
필요한 나이예요.
우리 '안녕' 이라는 말로
끝날 사이였나요?

내 목소리에는 권력이 없고,
내 눈물에는 힘이 없네요.

세 번째 밤_마음의 상처엔 시간이 약_

사실 사람들은
늙어죽는 게 아니라
“약”을 과다복용해서
죽는 것이다.

오늘, 또 하루를 복용한다.

네 번째 밤_보답_

당신이 떠난 6살의 나는
아픔을 참고,
당신이 떠난 12살의 나는
울음을 참고,
당신이 떠난 17살의 나는
남에게 도움 받고,
당신이 떠난 20살의 나는
더 강해졌어요.

나 이제
남을 사랑하고,
홀로 서있어요.

감사해요.

더 이상 나타나지 마세요.

다섯 번째 밤_
5월의 벚꽃을 본 적이 있나요?_

초록잎 섞인 벚꽃에

마음이 가는 이유는

조금은 더럽혀진 나와

비슷하기 때문일까

여섯 번째 밤_고장_

마음에 금이 가고,

정신이 무너지니까

몸도 부서져서

내가 고장이 나게 되더라

일곱 번째 밤_달의 뒷면_

나는 검은 도화지.
내가 쓰는 붓은 절망이며,
내가 찍는 먹은 희망이니.

당신들이 봐야 할 것은
도화지도 붓도 아닌
먹으로 쓰여진 글뿐이다.
그러해야 한다.

나, 그러길 바라니라.

여덟 번째 밤_자존감_

언젠가의 나를 돌이켜보니
혼자 있을 시간이 없었지만
언제나 외로웠네요.

그리고 내가 나를 깎아 내릴수록
정말 나만 깎이더라고요.

아홉 번째 밤_새벽에 깨면 목이 마르다._

얼굴을 타고 흘러
베개를 적신 눈물에 놀라
잠에서 깼다.

주위를 둘러보니
어둠 속에서 홀로 우는
내가 서글퍼
길게 울었다.

잘남이 아닌 평범함을 부러워하는
내가 슬퍼
다시 울어주었다.

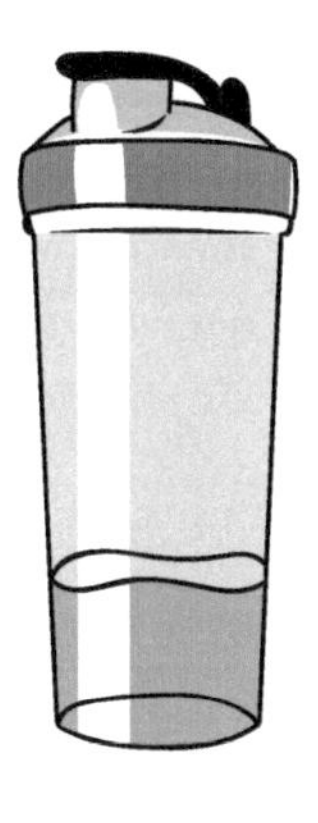

열 번째 밤_
과거로 돌아간다면 바꿀 수 있을까
과거로 돌아간대도 변하지 않을걸_

내가 바랬던 어린 시절은

불 켜진 집에

발을 딛는 것이었어요.

열한 번째 밤_허수아비_

사람을 새로이 만나게 되면 습관적으로 드는 생각이 있다.
'아, 이 사람이 나한테 의지해주면 좋겠다.'
대화를 나누다 보면 겉으로 보이지 않는 아픔이 있고,
타고난 성격인지 이런 사람들의
상처를 치유하는 연고는 되지 못하더라도
잠깐이라도 쉬게 해줄 수 있는 무언가가 되고 싶었다.

하지만 힘들면 언제든 말하라는 말은
쉽사리 나오지 않았고,
용기내어 말을 꺼내더라도
본인의 가면 뒤로 나름의 치유를 하던 이들은
자신의 상처로 다가오는 타인은 부담이 되었다.

때문에 한껏 소심해진 나는
다가가지 않고 머무르기로 했다.

항상 그 자리에.
언제든 어디서든 찾을 수 있게.

나 여기 있어요.
여기 있을게요.

열두 번째 밤_진심을 표현하는 과정_

감동을 느끼고

감성적인 마음으로

감정을 표현하면

중2병이라 칭해진다.

열세 번째 밤_
나는 "나"입니다.
당신들은 "나"를 알고 계셨나요??_

나는 종이가 아닙니다.

나는 두부도 아니고요.

나는 유리도 아니랍니다.

정말 다행이죠.

유리였으면 깨졌을 테니까요.

세치 혀 고이 품고

가볍게 찧은 입방아 때문에

종이였다면 찢어져 죽어가고 있었겠죠.
이쁘게 물들이고
손 쉽게 내뻗은 손가락 때문에

두부였다면 뭉개져 부서졌겠네요.
휘황찬란한 가면 쓰고
열심히 내지른 폭력 때문에

정말 다행이죠~
나는 버텨서 다들 재밌었으니까

그런데
누군가는 무너지지 않을까요 ^^

열네 번째 밤_진흙 길_

달에게 묻고,

별이 대답한다,

내가 얼마나 걸어왔음을.

앞으로 얼마나 뛰어가야 함을.

가 본 적 없는 앞길에는

달빛도, 별빛도

그 무엇도 비추고 있지 않는구나.

열다섯 번째 밤_독백 대화_

기사님, 저는 목적지를 말한 적이 없는데
우리는 어디로 가고 있나요.

나는 운전을 할 줄 모르는데
왜 운전대를 잡고 있나요.

나는 도대체 어디로
왜 달리고 있나요.

열여섯 번째 밤_결자해지_

아침의 태양이 말한다.
더 고생해야 한다고,

저녁의 공기가 말한다.
너는 혼자라고,

새벽의 달빛이 말한다.
주인공은 너라고

열일곱 번째 밤_팔찌_

한동안 굉장히 멍했던 기간이 있었다.
내가 방금까지 무얼 했는지,
내가 방금 무슨 말을 했는지도 모르고
하루 종일 정신을 놓고 다녔던 것 같다.

일 하면서 만나는 수많은 진상과
동료간의 문제로 인해 극심한 스트레스를 받던
내 정신이 나름의 방어책을 펼친 것이리라.

어느 날도 그냥 어김없이 하루가 지나갔다.
열심히 일을 했는지, 꿋꿋이 하루를 버텼는지도 모른 채
그저 그냥 하루가 지나갔다.

그날 밤도 막을 수 없는 내일이란 파도를 맞기 위해
하루를 마무리 하던 중
욕실에서 씻다가 이상한 느낌이 들었다.
오른쪽 팔에 따끔따끔한 통증과 함께
발 아래 쪽에는 붉은 물이 흐르고 있었다.
지금 생각해도 소름이 돋는 그 광경은
특별한 건 아니고 그저 내 팔이 여기저기 긁혀서
피가 나고 있었을 뿐이다.

정신만은 우주를 여행하던 그 때도
통증 덕인지 나에게 머물러 생각을 하고 있었다.
이건 왜 이러지? 언제 이렇게 됐지?
왜 지금까지 몰랐지?

정말 정말 정말 아직도 정확한 기억은 없지만
아마 내가 긁어서 생긴 상처였을 것이다.
여름이라 반팔을 입고 다녔고,
넘어진 적도, 누군가 건드린 적도 없으니까.
그리고 무엇보다 붉그스름한
작은 살점들이 왼쪽 손톱에 박혀있었으니까

내가 정말 스트레스가 많이 쌓였구나
그건 분명 자해라고도 할 수 있는,
아니 명확히 자해였으니까

이런 상처를 이제야 발견하냐는 생각도 지나가고
마지막으로 무서웠다.
흐르는 피가, 앞으로 남을 흉터가 아니라
앞에 말했듯이 이렇게 될 때까지
몰랐다는 사실이 너무 무서웠다.

만약 스트레스가 더욱 극심했다면,

도구를 사용하는 일을 했었다면,

무의식적으로 나쁜 생각이 머릿속에 맴돌았다면

그때는 왼 손톱에 살점이 아니라

손목에 쇠붙이가 박혀있을 수도 있었겠다.

라는 생각이 들었다.

다행히도 무서웠다.

나를 상처입힌 내가 무서웠고

자칫하면 내일이 없었을 뻔한 가능성이 무서웠다.

그때부터 한 가지
습관 겸 방어책을 마련했다.
팔찌를 손에 둘둘 감고 다녔다.
학생 때 차던 보호대는 직장에서는 쓰기 힘들었고,
여기저기서 구하기 쉽던 여러 팔찌를 착용했다.
가끔 보면 팔찌가 굉장히 너덜너덜한데
그건 24시간 빼지를 않기 때문이다.
일할 때도 잘 때도 운동을 해도 빼지를 않기 때문이다.

그저 이쁜 액세서리라는 느낌도 더러 들지만
나에게 팔찌는 나를 불신한다는 증거이다.

언젠가 나를 보았을 때,
오른 손목이 허전하다면
그때는 마음속으로 조용하게
진심으로 축하해주시기를

열여덟 번째 밤_관계_

만드는 것보단

부수는 것이 쉽고,

푸는 것보단

매듭짓는 것이 쉽다.

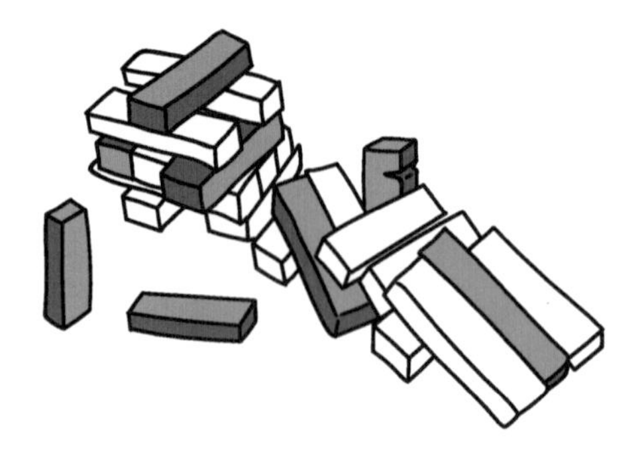

열아홉 번째 밤_내가 잊은 건_

너는 그런 아이였어.
누구보다 밝은 눈을 가지고는
누구보다 빛나는 별이 되고자 하는 아이였지.

너에게 별을 안겨주고 싶었어.
나는 너를 믿고 있으니까
고맙게도 너도 나를 믿어주었지.

어느 순간,
별에게 닿지 못한 채
펑펑 우는 널 보며 깨달은 거야.

나는, 나를 믿지 못했어.

스무 번째 밤_자취_

하늘에 달이 흔들리는 날.
가녀린 새벽을 붙잡고,
목 놓아 울었다.

별들은 나를 위로하듯 둥실대고,
바람도 나와 함께
거칠게 소리지르는구나.

혼자 살아 좋은 점을 물었니?
온전한 내 슬픔을 표현 한다는 게
나는 좋더구나.

스물한 번째 밤_인생은 결국 혼자야_

라고 말하는 사람들은

아마 정말로 혼자였던 적이 없었을 거라 생각해요.

정말 힘들고 괴로웠던 적은 있지만 당신의 힘듦이 눈을 가려
주변의 가족들이, 친구들이, 연인이 안 보였을 뿐이지.
누군가는 넘어지지 않게 본인을 받쳐주고 있었을 거예요.
정말 본인이 혼자였다면
그런 말은 입에 못 담을 거라고 생각해요.

혼자라는건 경험해보면
정말
무섭거든요.

스물두 번째 밤_8월 21일_

비 오는 날, 저 사람은 마당을 쓸어.
우산도, 우비도 없이
키만한 빗자루로 쓰윽쓰윽
마당을 쓸어.

마당에 있는 저 사람은 울고 있어.
빗방울이 머리를 적시고,
얼굴을 타고 흐르지만
울고 있어.

거울 속 저 사람은 마당을 쓸어.
빗물에 녹아내려
떨어지지도 않는 낙엽을
울면서 쓸어내려

스물세 번째 밤_빈 자리_

선잠이 깬 지하철에서

일부러 눈을 뜨지 않았다.

어차피

아무것도

변한 건 없을 테니까

스물네 번째 밤_너도 이만큼 아팠을까_

가시 돋친 사람을

밀어내는 것보다

나에게

미소 짓던 사람을 밀어내는게

더욱 아프네요.

스물다섯 번째 밤_
안녕, 오늘도 아팠어_

"나는 잘 살아야 돼."

누군가 시키지도 않았고,

누구도 바라지 않은 내 소원이다.

많은 사람들이 잘 살고 싶어한다.

무엇이 잘 사는 거냐 물어본다면

돈이 많은 삶, 멋진 배우자가 있는 삶, 누구나 감탄할

학력이 있고, 누구나 부러워할 직장이 있는 삶.

대답이야 여러 가지가 나오겠지만

결론적으로 어렵사리 쟁취한 것들을

잘 산다고 하는 것 같다.

마음에 들지 않았다.

나는 공부가 재미없었고, 대학도 가기 싫었다.
돈을 잘 버는 직업이 아니라 내가 하고 싶은 걸 하고 싶고,
계속해서 생각이 바뀌고는 있지만 결혼도 굳이 할 필요가
있나 생각했던 적도 많다.
그래도 항상 행복하고 싶었다.

내 주변을 포함한 많은 사람들이 기차를 타고 선로 위를
달려간다. 무수한 얽히고설킨 갈림길에서 사회에서
'이게 정답이야!'라고 하는 듯한 길이 몇 가지 있다.
그 길을 지나지 않고도 잘 달리는 사람들이 분명 있지만
그래도 사람들은 누군가 정해놓은 좋은 길을 가려고 한다.
선로 옆의 자갈밭을 밟는 것도,
창 밖의 바다에 뛰어드는 것도 무서워하는 것 같다.

나는 잘 살아야 한다.
공부를 싫다는 이유로 때려쳐서 고졸이고, 남들이 부러워한
공공기관도 박차고 나왔으며, 전공에는 맞지도 않는
일을 하고 있고, 어린 나이에 자취를 시작했고,
돈이 없어 보리차만 먹던 적도 있었다.

부모님은 이혼했고, 믿었던 친구들은 대부분 떠났고.
그렇게 좋아하던 사람들을 미워하고 새로운 사람들이 무서워서
밑바닥 수렁에서 허우적거리고 우울증에 시달려
손목에 칼도 댔었지만
나는 행복해야 한다.
그리고 많은 사람들이 나를 봐야 한다.
그래야 당당히 말할 수 있으니까

"그래도 행복할 수 있어."

그래도 맘껏 여행 다닐 수 있고,
그래도 좋아하는 고양이도 키울 수 있고,
그래도 하고 싶은 공부해서 자격증도 따고,
그래도 내 맘대로 요리도 해보고
그래도 이렇게 글 쓸 수 있어.

힘들고 절망해도,
삶에 낙이 없고 이룬 것 하나 없는 것 같아도
행복할 수 있어.

내 소원은 당신들이 행복해지는 것.

당신들을 설득할 수 있게끔
당신들이 희망을 가지게끔
나는 잘 살아야 한다.
그게 이렇게 살아온 이유야.

나, 혼자 짊어진 책임감이야.

스물여섯 번째 밤_그냥 그런거야_

어릴 때는 검은색이 너무 무서웠어.

그 속에 뭐가 들어있는지 몰랐거든.

점차 자라면서 검은색이 되어보니 알겠더라

그건 그냥
검은색이었던 거야.

새벽 두 시

우리가 아직 어렸던
지난 새벽
달빛은 나를 밝히고

내 곁에 앉아
함께 대화를 나눴다.

첫 번째 대화_봄_

시작의 계절이
시작되는 달이
시작되는 날
어서오세요.

싹을 틔우고 있는
봄 꽃 향기에
나 조금 설레고 있어요.

두 번째 대화_열은 여명_

별을 좋아하던 아이는
달을 사랑하는 나이가 되어
스스로를 밤하늘 색으로 칠하고

한치 앞이라도 밝혀줄
누군가를 기다리고 있어요.

세 번째 대화_아집_

“사람마다 행복의 조건은 다르잖아요…
나는 다른 사람이 행복해야 나도 행복한걸요….”
이런 아집 부리는 나에게

“네가 먼저 행복해야 남을 행복하게 할 수 있다”
하신 선생님도,
“10만큼의 정을 베풀더라도 1만큼의 거리는 둬야 한다”
했던 형도,
“다른 사람만 생각하다간 언젠가 네가 먼저 지칠 거야”
라던 누나도,
“남 생일만 챙겨주고 본인은 못 챙겨받으면 슬프지 않아?”
라던 친구도,
곧이곧대로 받아들이지 못해서,
지키며 살지 못해서 너무너무 미안해요.

그리고 정말 고마워요.

나를 생각해주니까,
내가 상처받지 않길 바라니까,
그런 말 해준 거잖아요.

나를 타인을 위한 선의를 내세우는 아이로,
있는 그대로의 나를 봐줬으니까
그런 생각 해준 거잖아요.

고마워요.
나 많이 행복해요.

네 번째 대화_경험담은 자랑스레_

자신이 겪은 일이라면

감성팔이 조금 해도 괜찮아

우리는

우리의 이야기를 하며 살아가니까

다섯 번째 대화_복권_

당신들은 행복하겠어요…

이 짧은 인생 살면서

나 같은 사람 알게 되어서^~^

여섯 번째 대화_
신은 왜 청춘을 젊음에게 주었을까_

힘들면 안 되는 청춘들아,

가끔은 울어도,

기대도 괜찮단다.

당신들이 좀 더

많은 것에

열광할 수 있는 청춘이 되기를

우리가 기도한단다.

일곱 번째 대화_여유로운 척_

요즘 명확하게 설명은 못하겠지만

굉장히 마음이 편안하다.

많이 걸어서 다리가 아파도, 오래 굶어 배가 고파도,

힘들지 않고 오히려 기분이 좋다.

오래 걸은 후에 휴식은 체력이 회복 됨을 느껴지게 하고,

공복 후의 음식은 작은 맛 하나하나까지

음미하게 되고 배가 채워짐을 감사하게 한다.

언제나 내 안이 무언가로 들어차 있는 충만함이

신체 일부분 하나하나까지 살아있음을 느끼게 한다.

그래서 깨달은 점이 하나 있는데

나는

괭장히 여유롭게 살아 왔다고 착각했구나.

맘에 들지 않는 일이 있어도

괜찮아 그럴 수도 있지.

슬픈 일이 있어도,

괜찮아 나만 슬픈게 아니야. 곧 지나갈거야.

하고 싶은 말을 해왔다고 생각하고,

그대로의 감정을 표현했다 생각했지만

나는

모두가 할 법한 말을 했을 뿐이고,

보통은 이렇지 하는 감정을 뿜어냈었다.

최근 한동안 여러 문제가 몰려왔었다.
내 잘못도 있었겠지만
내 잘못인지 아닌지, 무엇이 잘못됐는지,
그저 욕심이었는지도 모른 채
고민하고 생각하고 아파하고 또 고민하면서
또 아파했다.

그리고 약간의 휴식을 가지게 됐다.
머나먼 바다로 놀러 가 바람을 맞이했고,
해보고 싶었던, 해보지 못한 것들을 해보고,
처음 만난 사람들과 새롭지만 자연스러운 인연을 만들었다.

요즘 굉장히 정신이 맑다.

독서를 위해 구매한 9권의 책들을
일주일만에 읽었고,
배우고 싶어한 것들을 배우고 있다.

아직도 서툴고 해결되지 못한 문제도 있으며,
욕심도, 힘듦도, 피곤함도 당연히 있지만
정신이 살아있다는 느낌이 들고 있다.

정말이지
평화롭고 고요하고 차분한 나날.

여덟 번째 대화_검은 캔버스_

눈을 감으면 아무것도
보이지 않는 것이 아니라
어둠이 보이는 거야

별을 상상하면 각자가 상상하는
별이 그려질 것이고,
눈을 뜨고 싶어 빛을 마주하면
홀연히 사라지는 어둠.

우리도 마찬가지
겁먹지 말자.
아무것도 안 보일리가 없잖아
아무리 막막해도 앞 길이 있을 거고,
네가 그리는 꿈대로 미래가 만들어질 거야.

아홉 번째 대화_그런 사람이 될 거야 1_

난 평범한 사람이야
무언가에 딱히 특출나진 않으면서도
무엇에도 뒤쳐지지 않는 사람.
주변 사람들을 사랑하면서도
맞지 않는 사람과는 거리를 둘 수 있는 사람.

타인에게 내 것을 베풀면서도
내 몫은 알아서 챙기는 사람.
작은 감사함에도 보답하면서
남의 아픔에도 눈물 흘릴 수 있는 사람.

나는 정말정말 평범하지만,
아니 평범해서
기억에 남는 사람이 될 거야

열 번째 대화_
11월 셋째 주
목요일_

수고했다. 고생했다.

정말 수고했어.

그러니 울지 말고,

당당히 어깨를 피렴

눈물은 내가 대신 흘릴 테니까

너는 앞을 보고 걸어가렴

열한 번째 대화_도돌이표_

당연히 무섭지.

당연히 포기하고 싶지.

당연히 힘들고

여전히 괴롭지

나는 이 길의 끝을 모르니까

그래도 일어서고,

그래도 걸어가고,

그래도 웃고,

다시 네 손을 잡는 거야

나는 이 길의 끝을 모르니까

열두 번째 대화_"그때가 좋았지"_

라는 말을 들으면 이해가 안돼요.
나는 내 과거가 부럽지 않거든요.

왜냐하면…

적어도 지금은 4살 때처럼
싸우는 부모님 앞에서
무기력하지 않아요.

적어도 지금은 9살 때처럼
불 꺼진 집에 들어가는 것이
두렵지 않아요.

적어도 지금은 12살 때처럼
집 떠나간 엄마 때문에
울지 않아요.

적어도 지금은 15살 때처럼
우울증에 시달려 하루하루가
괴롭지 않고,

적어도 지금은 19살 때처럼
할아버지 장례식에서
안 울 것 같지 않아요.

좋은 일도 분명 있었겠지만
아무리 생각해도

왕복 4시간을 출퇴근했던 19살의 나를

새로움을 찾아 여행했던 20살의 나를

주변 사람들에게 녹아 들어

매일매일이 행복했던 21살의 나를

첫 차를 타기 위해

아침 달을 보며 출근했던 22살의 나를

그리워할 것 같지는 않아요.

조금 더

조금은 더

조금이라도 더

행복할 테니까

열세 번째 대화_금수저가 부러워요?_

내 수저는 내가 만들건데 =ㅅ=

열네 번째 대화_임금님 귀는 당나귀 귀_

존경받는 자의 미숙함을 보았을 때

'저 사람은 저 따윈데

어떻게 저 위치까지 올라

존경받고 있지?'

보다는

'저런 사람도 저런 위치까지

올라갈 수 있구나'

라고 생각하면

내가 조금은 나아보인다.

열다섯 번째 대화_내려갈 곳이 없는 곳_

네 말마따나
뭣도 아니지만
그렇기에

뭐라도 될 수 있다는 것도

네가 알았으면 싶다.

열여섯 번째 대화_"너만 힘든 거 아니야"_

제가 굉장히 싫어하던 말이었어요.
"야, 너만 힘든 것도 아니고, 다른 사람들 다 버티면서
열심히 살고 있는 건데 왜 이렇게 징징대."
이렇게 들렸거든요.
알아요. 나만 힘든 것도 아니고, 나보다 힘든 사람도
넘쳐난다는 걸.
그렇다고 내가 힘들지 않은 건 아니잖아요…

얼마 전에 우연이라는 단어 말고는 설명할 수 없는 이유로
어떤 아이를 알게 되었고, 어쩌다 오래도록 자연스레
이야기를 나누게 되었습니다.
물론 서로의 일부분 뿐이었겠지만 비슷한 부분이 많았고,
서로가 서로의 좋은 점을 보게 되어 친구가 되었습니다.
그 친구와 나눈 이야기 중에는 서로의 아픔도 있었습니다.
우리는 슬프게도 각자의 슬픔을 담담히 입 밖으로 내뱉는
아이들이었고, 고맙게도 서로의 슬픔을 슬퍼해주었습니다.

그 아이가 가진 아픔의 크기를 감히 내가 가늠할 수야
없지만서도 우리의 아픔은 비슷하다 생각했어요
당연한 것을 상실한 아픔.
본인의 슬픔에 무뎌진 아픔.

위로해주고 싶었어요. 사실 어쩌면 친구를 위로함으로써
자기만족을 이루고 싶었는지도 몰라요.
나는 너무도 부족한 아이라 문제를 해결해 줄 수 없었지만 함께
또는 대신 아파해주고 싶었어요.

"너만 힘든 거 아니야"
친구는 제가 한 말의 의미를 이해해 주었을까요.
고맙다 말해준 친구가 고마웠어요.

항상 듣던 말을 내가 직접 입에 담아보니,
혹시 나와 같은 의도로 사람들이 나에게 말해주었던 것이
아닐까 하는 생각이 들었습니다.

"너만 힘든 거 아니야.
라는 말은 그만큼 너의 아픔에
공감하고 함께 아파해 줄 수 있는,
사람이 많다는 뜻이야."

열일곱 번째 대화_창작의 자유_

자유로이 산다는 건
백지 같은 삶이 아닌

백지에

원하는 건 무엇이든
쓰고 그릴 수 있는 삶이다.

열여덟 번째 대화_올바른 사용법_

괜찮아, 너는 잘 할 거야.

올해의 네가 망가지고

눈물 펑펑 흘렸지만,

새해의 네가 갑자기

다른 사람이 되진 않겠지만

너는 잘 될 거야.

괜찮아, 그렇게 정해져 있어.

내가 그렇게 믿어.

열아홉 번째 대화_그런 사람이 될 거야 2_

누군가에게 소중한 사람이 되고 싶다.

나의 불행을 외면하지 않고도 누군가를 책임질 수 있는
사람이 되고 싶다.

나의 안위를 걱정하며 도움의 손길을 내미는걸 주저하지
않는 내가 되고 싶다.

나의 호의가 배신이라는 결과물을 만들지 않을까 걱정을
안 하고 싶고,

내가 소중하다 생각한 만큼 내가 가진 것을 나누고 싶다.

알아주지 않더라도 서운치 않고

나의 약함을 거울 삼아 나와 같은 이들의 고통을 나의
것이라고 자각하며

그로 인해 강해지고 싶다.

나는 언제나 약할 수 있음을 기억하며 약한 이들의 손을
잡아주고 싶다.

미련이라 욕해도 상관없다.

나에게만은 희망이니까

스무 번째 대화_라온하제_

오늘도 믿어줘서 행복했어.

내일은 더 잘할게.

고마워.

스물한 번째 대화_
포기가 도전이 되어버린 당신들아_

우리, 포기도 다양한 선택지 중에

하나로 남겨두자.

원한다면 언제든지 마주보고

고를 수 있는 선택지로.

나를 위한다는 핑계로

너무도 간절한 포기를 포기하며

본인의 힘듦을 당연시 하지는 말자.

스물두 번째 대화_
너의 발자국에 내가 있기를_

너에게만은 누구보다 좋은 사람이고 싶었다.
우리의 관계는 네가 내민 손으로 네가 얻은 전리품이니까
너의 용기로 시작된 인연이니까

너는 옳은 길을 걸어왔다고,
앞으로의 선택에 후회할 필요가 없다고,
앞으로도 좋은 사람이 주변에 언제나 있을 거라고,
앞으로 내딛을 발걸음은 당당해도 된다고.

나의 존재가
네 미래의 선례가 되기를...
네가 믿는 너의 확신이 되기를...

너에게 언제나 말해주고 싶었다.

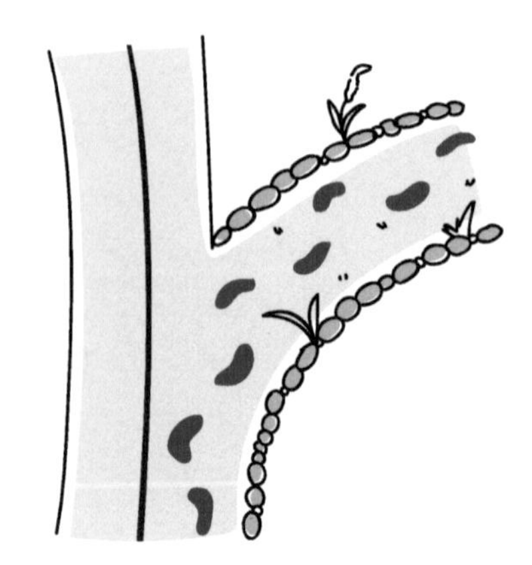

스물세 번째 대화_
제가 듣고 싶던 말
그렇기에 많이 내뱉은 말_

오늘이 힘들었다면,

내일은 괜찮을 거예요.

오늘이 행복했다면

내일은 더 행복할 거예요.

스물네 번째 대화_어린왕자는 어립니다._

여섯 번째 별에서 지리학자에게
'덧없다' 라는 말을 배운 어린왕자를
벚나무 가득한 우리 동네로
데려오고 싶었다.

활짝 핀 벚꽃을 보면
너는 말하겠지.
"아름답지만 덧없을 거야."
라고

잠시 뒤,

가녀린 봄바람에도 몸을 떨구며

흩날리는 벚꽃을 본다면

너는 말하겠지.

“덧없지만 아름답다.”

라고

내가 이해한 낭만을

너는 가슴 속에서

느끼겠지.

스물다섯 번째 대화_마음의 위치_

만약 이 세상에

나 혼자만 존재했다면

'마음' 이란 것이 존재했을까

너에게 내밀고

네가 붙잡은

이 손에 깃든 것을

오늘부터 '마음' 이라 칭하겠다.

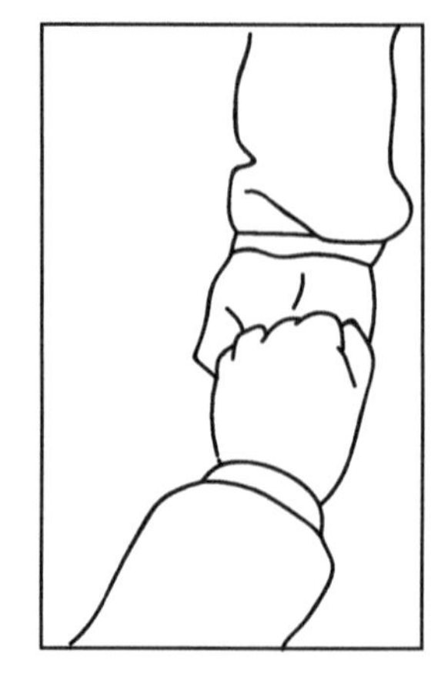

스물여섯 번째 대화_온새미로_

물감을 녹이는 햇빛 아래서
어둠을 그리는 나에게,

달빛도 잠드는 어둑한 새벽에
사랑을 노래하는 나에게
오늘도 배운다.

내 생각, 내 기분, 내 느낌, 내 감정은
주위와 상관없이
오롯한 나의 것이라는 것을.

스물일곱 번째 대화_곁에 있어 주던 날_

짧지만 감동스런 한 마디가

마음을 후벼파는 날이 있어.

– 너를 좋아하게 된 이유 –

스물여덟 번째 대화_그런 사람이 될 거야 3_

좋은 사람이 되고 싶어요.
억만금을 기부하고, 생명을 살리고,
자신의 모든 걸 희생하는 사람이 아니라

문을 열고 들어가면서
한번 뒤돌아보고 잠깐 문 잡아주는,
앞 사람이 걸어가다 떨어트린 물건을 주워
쫓아가서 전해주는,
울고 있는 아이에게 한 번 말 걸어주는,
혹시나 누군가 다칠까봐 반창고를 챙기고 다니는,
잔액이 부족한 앞 사람에게 선행을 베풀 수 있는,
그런 누구나 할 수 있는 일을 하는
좋은 사람이 되고 싶어요.

스물아홉 번째 대화_
이 정도면 합격점이니_

"안녕히 계세요."

"고생하셨어요."

"새해도 복 많이 받으세요."

"수고하세요."

정말 간단하고 너무나도 흔한 인사말.
이 한마디를 해주기 위해 많은 사람들이
문을 두들기고, 인사를 해주었다.

지나다니다 마주친 게 아닌 저 인사를 하기 위해
굳이 찾아와준 당신들에게 깊은 감사를 느꼈다.

'나, 그래도 조금은 잘 살아왔구나.'

서른 번째 대화_너도 알아줬으면 해_

달은 매일매일
우리에게 다른 모습을 보이지만
언제나 둥글다는 사실은
변함이 없잖아

나는 알아,
네가 지금은 조각나고
볼품없어 보이지만

네 본 모습은 언제나
아름답고 멋진 걸!

이제야 쓰는 작가의 말

써 내려간 글들을 책으로 많은 사람들에게 보여주리라 다짐했을 때는 '함께 아파하자' 라는 마음이었습니다.

세상은 따듯해지다 못해 슬픔을 녹여 내리는 위로가 범람하는 시대였고, 그렇기에 참 슬프기 힘든 세상이라는 생각이 들었습니다. 많은 사람들이 자기를 위로해주니까 본인도 힘들면 안 된다고 생각하는 사람들이 종종 보이더라고요. 참 서로서로 배려가 많은 세상이에요 ^^

어쨌든 함께 아파하고 싶었어요. 현실적으로 한 분 한 분 찾아다니며 위로해 줄 수 없을뿐더러 제가 문제를 해결해 줄 수 있는 능력도 없으니까요. 그저 그냥 나도 이렇게 힘들었다. 본인만 힘든건 아니니까 함께 마음껏 슬퍼해보자 하는 생각이었는데 저도 모르게 위로하는 글들이 몇 가지 쓰이게 되더라고요.

저는 역시 많은 사람들이 행복했으면 좋겠고, 해결해 줄 수 있다면 해결해 주고 싶네요(๑¯﹀¯๑)

책을 보시면서 아마 '이게 무슨 소리지' 싶은 내용도 꽤 있었을거라 생각해요. 저는 애초에 저의 경험과 개인적인 생각을 가지고 글을 씁니다. 물론 가끔은 상상을 기반으로 할 때도 있지만 대부분은 제가 했던 또는 하고 있고 가지고 있는 생각과 감정입니다. 그리고 '사람들은 나와는 다른 삶을 살아 왔으니까, 다른 생각을 가지고 다른 해석이 나오는 건 당연한 거야'라는 마음으로 글을 씁니다. 하나의 글에 하나의 해석이라는 정답은 없고, 읽는 사람의 수 만큼의 해석이 나오는게 더 재밌을 것 같다는 생각도 있고요.

그런데 책을 쓰면서 공감과 위로를 목적으로 하다보니까 조금 더 많은 사람들이 내 글을 읽고, 조금이라도 더 많은 사람들이 함께 공감하기를 바라는 욕심이 생기더라고요. 그래서인지 어디서나 그렇듯 마무리를 짓는 이 시점에서 많은 아쉬움이 남고 있습니다.

내가 좀 더 문장력이 좋았더라면, 좀 더 다른 사람의 감정에 공감할 수 있었더라면, 좀 더 많은 사람들의 감정을 볼 수 있었더라면 하고요. 하고 싶은 말이 너무 많았고, 알려주고 싶은 것, 알았으면 하는 것 정말 너무너무 많이 말하고 싶었는데 아무래도 능력적인 한계인지 짧은 글로 많은 것을 전달하기는 조금 힘드네요.

그래도 딱히 후회는 안 합니다!! 아쉽지만 어쩌겠어요. 저는 하고 싶은 걸 당장 해야겠고, 지금의 저는 이 정도 수준인걸요. 자신의 부족함을 안다는 건 앞으로 더 발전할 수 있다는 계기고, 다행히도 저는 더 잘하고 싶다는 욕심도 있어서 새로운 기회도 가질 수 있을 것 같네요!!!

솔직히 말해서 이렇게 실력에 자신도 없고, 스스로도 부족한 결과물인 것을 알고, 무언가 특출난 부분도 없는 제가 글을 쓰고, 책을 만들고 여러 사람에게 보이기 위해 서점에 책을 선보인 이유는 여러분이 읽어온 이 책을 쓴 사람이 앞서 말한 부족한 저이기 때문이에요.

저는 지나가다 어디나 있을법한 평범한 사람이고, 누구나 했을 법한 생각을, 한번쯤은 느껴봤을 법한 감정을 가졌던 정말정말 평범한 아이지만, 이렇게 내가 하고 싶은 일을 할 수 있고, 부족하기에 조금씩 더 발전하고 도전할 수 있다는 것을 많은 사람들이 봐주었으면 했습니다. 여러분들이 하고 싶은 것을 마음껏 했으면 좋겠고, 본인이 본인을 위한 미래를 일구어 나갔으면 합니다.

그리고 이제 궁금한 분들은 별로 없겠지만 작가의 말이 맨 뒤에 있는 이유를 말씀 드릴게요.

최근에 아는 누나랑 책 관련해서 얘기를 나눴는데 본인은 머릿말을 안 읽는다고 하더라고요. 작가의 말에는 당사자의 생각이랑 의도가 담겨있어서 영화 스포일러 보는 느낌이라 한 기억이 있네요. 그 말을 듣고 확실히 쓴 사람의 생각을 알고 본다면 자기 나름대로 못 볼 수도 있겠다 하는 생각이 들어서 맨 뒤로 보내봤습니다.

근데 막상 써보니 영향을 끼칠 것도 없을 것 같네요 ㅎㅎ 음.. 굳이 할 말이라면 어떤 방법이라도 이 책을 여기까지 읽어주신 분들이 조금이라도 위로가 됐기를, 또한 행복이란 것에 반 발짝이라도 가까워 졌으면 좋겠네요. 무슨 일을 하시더라도 행운이 따르고 결과물에는 본인이 그렸던 모습이 떠오르기를 바랄게요.

참고로 제가 바라는 세상은 내 주변 사람들이 행복한 세상이긴 하지만, 제 꿈은 내가 원하는 세상을 만드는 게 아닌 내 사람들을 행복하게 하는 일을 포기하지 않는 내가 되는 겁니다.

한 명이라도 많은 사람들이 제 주변 사람이 되어서 제가 함부로 다짐하는 아이가 아닌 다짐을 함부로 포기하지 않는 사람이 되도록 옆에서 많이 거들어 주셨으면도 해요 ^^

이 책은 이제 여기서 마무리 짓겠습니다!
단 하나의 글이라도 누군가의 공감을 얻어냈다면,
단 한 문장이라도 누군가의 마음에 남는다면
이 책에는 충분히 생명이 불어 넣어지리라고 믿습니다!!!

감사합니다. ^~^

안녕, 오늘도 아팠어

지 은 이 김수안
그　 림 이경현

1판 1쇄 발행 2019년 06월 14일

저작권자 김수안, 이경현

발 행 처 하움출판사
발 행 인 문현광
편　 집 홍새솔
주　 소 전라북도 군산시 축동안3길 20, 2층 하움출판사
I S B N 979-11-6440-038-6

홈페이지 http://haum.kr/
이 메 일 haum1000@naver.com

좋은 책을 만들겠습니다.
하움출판사는 독자 여러분의 의견에 항상 귀 기울이고 있습니다.

이 도서의 국립중앙도서관 출판예정도서목록(CIP)은 서지정보유통지원시스템 홈페이지(http://seoji.nl.go.kr)와
국가자료종합목록 구축시스템(http://kolis-net.nl.go.kr)에서 이용하실 수 있습니다. (CIP제어번호 : CIP2019021974)

· 값은 표지에 있습니다.
· 파본은 구입처에서 교환해 드립니다.